Vente du Mercredi 27 Mars 1872

SALLE N° 8.

TRÈS-BELLES

TAPISSERIES DES GOBEL...

D'APRÈS BOUCHER

BEAUX MEUBLES ET BRONZES

LOUIS XIV, LOUIS XV ET LOUIS XVI

ORFÉVRERIE ANCIENNE

PORCELAINES

EXPOSITION PUBLIQUE :

Le Mardi 26 *Mars* 1872.

<table>
<tr><td>Me CHARLES PILLET</td><td>M. CH. MANNHEIM</td></tr>
<tr><td>COMMISSAIRE-PRISEUR</td><td>EXPERT,</td></tr>
<tr><td>10, rue de la Grange-Batelière.</td><td>7, rue Saint-Georges, 7.</td></tr>
</table>

CATALOGUE

D'UNE BELLE COLLECTION

DE

TAPISSERIES DES GOBELINS

REPRÉSENTANT DES SUJETS CHAMPÊTRES

Signées BOUCHER 1755

Beaux Meubles et Bronzes
des époques Louis XIV, Louis XV et Louis XVI
Orfévrerie ancienne
Cabinets italiens — Porcelaines
Tentures

DONT LA VENTE AURA LIEU

HOTEL DROUOT, SALLE N° 8

Le Mercredi 27 Mars 1872

A UNE HEURE ET DEMIE

———

Par le ministère de Me **CHARLES PILLET**, Commissaire-Priseur,
10, rue de la Grange-Batelière.

Assisté de M. **CHARLES MANNHEIM**, expert, rue Saint-Georges, 7.

Chez lesquels se distribue le présent Catalogue.

———

EXPOSITION PUBLIQUE : *Le Mardi 26 Mars 1872.*
DE UNE HEURE A CINQ HEURES.

CONDITIONS DE LA VENTE.

Elle sera faite au comptant.

Les adjudicataires payeront *cinq pour cent* en sus des enchères.

L'exposition mettant le public à même de se rendre compte de l'état des objets, il ne sera admis aucune réclamation une fois l'adjudication prononcée.

Paris. — Imprimerie PILLET fils aîné, rue des Grands-Augustins, 5.

DÉSIGNATION DES OBJETS

TAPISSERIES & TENTURES

1 — Grande et magnifique tapisserie des Gobelins représentant une réunion dans un parc, très-belle composition de onze figures, d'après BOUCHER. Celte tapisserie porte la signature de cet artiste ainsi que la date de 1755. — Haut., 3 m. 20 ; larg., 5 m. 55.

2 — Autre très-belle tapisserie provenant de la même suite et représentant un sujet analogue, composé de sept figures et de moutons. — Haut., 3 m. 20 ; larg., 3 m.

3 — Belle tapisserie appartenant également à la même suite et représentant un sujet champêtre composé de quatre figures. Elle porte la signature de F. BOUCHER ainsi que la date 1755. — Haut., 3 m. 20 ; larg., 3 m. 45.

4 — Beau panneau en tapisserie de Beauvais, représentant le sujet de la fable : *Le Renard et les raisins*. Elle est signée : 1° J.-B. OUDRY, 1750 ; 2° BESNIER et OUDRY, à *Beauvais*.

5 — Suite de cinq belles tapisseries de Flandres représentant des sujets mythologiques dans des parcs avec
riches bordures de fleurs et d'ornements. — Hauteur,
3 m. 07.

6 — Grande et belle tapisserie décorée de trois médail-
lons ovales renfermant des sujets champêtres, sus-
pendus à des nœuds de rubans et encadrés de tores de
lauriers et de festons de fleurs. Dans les entre-deux
sont des attributs de musique et des fleurs se détachant
en couleurs sur fond blanc. Époque Louis XV.

7 — Petit panneau en tapisserie de même décor.

8 — Deux autres petits panneaux en tapisserie provenant
de la même suite.

9-14 — Vingt-deux tapisseries de Flandres et autres à sujets variés. Elles seront vendues séparément ou par
suite.

15 — Tenture de lit en toile blanche brodée à fleurs.

16 — Autre tenture de lit en étoffe de soie brochée à
fleurs.

17 — Tenture de lit en étoffe de soie blanche à fleurs.

18 — Beau tapis ou portière en velours rouge richement
brodé en soie de couleurs et or, à fleurs et ornements.
Beau travail oriental.

MEUBLES

19 — Beau meuble de salon du temps de Louis XV en bois sculpté et doré, couvert en tapisserie des Gobelins représentant des jeux d'Amours, des sujets de chasse et des sujets champêtres encadrés d'ornements et de fleu s sur fond rouge. Il se compose d'un canapé et six fauteuils.

20 — Meuble de salon du temps de Louis XVI en bois sculpté, couvert en tapisserie de Beauvais à vases de fleurs, oiseaux, rinceaux et guirlandes de fleurs en couleurs sur fond blanc au centre et encadrement bleu clair. Il se compose d'un canapé et huit fauteuils.

21 — Joli bureau plat en marqueterie de bois garni de bronze rocaille. Époque Louis XV.

22 — Meuble-vitrine en bois d'acajou richement garni de bronzes dorés, à trois portes vitrées et à trois tiroirs. Dessus de marbre blanc. Style Louis XVI.

23 — Médailler formant bureau en bois de placage, garni de quelques ornements de bronze doré. Époque Louis XVI.

24 — Grand bureau plat du temps de la Régence en bois de placage et garni de bronze.

25 — Bureau à cylindre du temps de Louis XVI en bois d'acajou, garni de bronze doré et à moulures en cuivre poli.

26 — Bureau à cylindre du temps de Louis XV en bois de rose garni de bronze doré.

27 — Deux fauteuils Louis XVI en bois sculpté et peint en blanc, modèle à médaillon.

28 — Six fauteuils Louis XV en bois sculpté couverts de tapisseries à la main.

29 — Petit miroir de forme contournée avec cadre en bois sculpté et doré, et compartiments de glace. Époque Louis XIV.

30 — Deux petites glaces avec cadres en bois sculpté et doré. Époque Louis XVI.

31 — Meuble de salon en bois sculpté du temps de Louis XIV, couvert en tapisserie moderne d'Aubusson, à sujets tirés des Fables de La Fontaine. Il se compose d'un canapé et six fauteuils.

32 — Deux bergères et une chaise pareilles au meuble qui précède, mais non garnies.

33 — Deux garnitures de croisées et une garniture de lit en tapisserie moderne d'Aubusson, de même dessin que le meuble qui précède.

34 — Petite commode Louis XV en marqueterie de bois
à fleurs, garnie de bronze et à dessus de marbre.

35 — Table de nuit Louis XV en bois de placage, garnie
de bronze et à dessus de marbre brêche.

36 — Pendule du temps de Louis XIV en marqueterie de
Boule, écaille et cuivre, et garnie de bronze.

37 — Régulateur Louis XIV en bois noir incrusté de filets
de cuivre et garni de bronze.

38 — Grand bureau Louis XV en bois de rose avec casier
et compartiments fermant à vantaux.

39 — Deux petites commodes Louis XV en marqueterie
de bois de rose garnies de bronzes dorés et à dessus de
marbre.

40 — Belle commode Régence en marqueterie de bois à
quadrilles garnie de bronzes. Dessus de marbre.

41 — Coffre-fort Louis XIV, couvert d'ornements en
cuivre découpé conservant des traces de dorure. Les
cuivres portent le poinçon de Caffieri.

42 — Deux consoles Louis XV en bois sculpté et doré à
ornements rocaille et à dessus de marbre.

43 — Pendule Louis XIV en marqueterie de cuivre et écaille garnie de bronzes. Elle est accompagnée de son socle de suspension.

44 — Grande table-console du temps de Louis XVI en bois sculpté et à dessus de marbre.

45 — Meuble de salon en bois sculpté peint en noir, couvert en tapisserie moderne d'Aubusson, à fleurs sur fond blanc et bords bleus. Il se compose de : un canapé, deux bergères, six fauteuils et six chaises.

46 — Deux garnitures de croisées, rideaux et lambrequins pareils au meuble qui précède.

47 — Meuble-cabinet en bois de fer incrusté de nacre et de burgau. Travail de Cochinchine.

48 — Meuble-cabinet en bois de fer sculpté, pouvant faire pendant à celui qui précède. Même travail.

49 — Petite pendule Louis XIII à pilastres en marqueterie des trois parties et nacre de perles.

50-51 — Deux consoles en bois sculpté et doré à dessus de marbre. Elle seront vendues séparément.

52 — Glace avec cadre en bois sculpté et doré. Époque Louis XV.

53 — Petit meuble de forme contournée, à deux portes, en marqueterie de bois, garni de bronzes dorés. Époque Louis XV.

54. — Portrait de dame en costume de la cour de
Louis XIV.

55 — Grande et belle pendule avec socle, en vernis de
Martin, fond brun uni, richement garnie de bronzes
finement ciselés. Elle renferme une musique à carillons.
Époque Louis XV.

56 — Grand cabinet en bois d'ébène et écaille, de forme
monumentale à colonnes détachées, garni d'appliques
en cuivre doré. La porte centrale est ornée du sujet
d'Hercule étouffant Antée. Il est surmonté d'une galerie
à balustres en cuivre doré et repose sur une table en
bois noir à pieds tournés. Travail italien. Époque
Louis XIII.

57 — Autre cabinet en écaille garni d'appliques et de
consoles en cuivre. Chaque tiroir est enrichi de bos-
settes plaquées d'écaille, et la table en bois noir forme
console. Mêmes travail et époque.

58 — Meuble de salon du temps de Louis XIV en bois
sculpté, couvert en cuir de Cordoue, décoré d'ornements, d'oiseaux et de fleurs en couleurs et or. Il se
compose de : un canapé, sept fauteuils et six chaises à
dossiers élevés.

59 — Petite chaise de mêmes style et travail.

60 — Tabouret à X et deux tabourets de pieds, de même
travail.

61 — Table rectangulaire du temps de Louis **XIV**, en bois
de chêne sculpté et à dessus de marbre.

62 — Grande glace avec cadre en bois sculpté et doré; modèle à consoles, rinceaux et larges feuilles. Travail
italien.

63 — Glace ovale avec cadre à enroulements et fleurs en
bois sculpté et doré. Dans la partie supérieure du cadre
est une seconde petite glace de forme ovale.

64 — Glace rectangulaire avec cadre Louis **XVI** en bois
sculpté et doré, orné de fleurs et de rinceaux.

65 — Lit flamand en bois sculpté, modèle à colonnes.
xvii° siècle.

66 — Grande armoire flamande à colonnes détachées en
bois noir et à deux vantaux à ressauts.

ORFÉVRERIE

67 — Grande cafetière Louis **XVI** en argent ciselé, modèle
à canaux creux, rosaces et festons de laurier.

68 — Autre grande cafetière en argent ciselé à ornements.

69 — Deux grands flambeaux du temps de Louis XV en
argent ciselé ; modèle à balustre orné de festons de
laurier.

70 — Grande théière de style oriental en argent repoussé
à fleurs, rinceaux et ornements.

71 — Grand sucrier de même style en argent repoussé à
fleurs, rosaces et ornements variés.

72 — Grand brûle-parfums de forme sphérique à couvercle découpé à jour et reposant sur un piédouche à
trois consoles, en argent repoussé à fleurs et ornements. Travail oriental.

73 — Petit vase de fleurs formant brûle-parfums en
argent ciselé à ornements rocaille. Époque Louis XV.

74 — Hanap oriental en argent repoussé et ciselé à ornements fleurs et oiseaux.

75 — Cafetière et plateau en argent repoussé à côtes et à
ornements. Travail oriental.

76 — Six porte-tasses en filigrane d'argent.

77 — Deux petits flambeaux du temps de Louis XV en
argent, modèle à cannelures et coquilles.

78 — Boîte à thé de forme ovale en argent repoussé à ornements rocaille et fleurs.

79 — Cafetière de style Louis XVI en argent ciselé à côtes
et ornements. Poignée en ivoire.

80 — Petite théière en argent ciselé à bustes, festons de
lauriers et bec formé d'une tête d'oiseau.

81 — Grande et belle soupière ovale en argent ciselé à
deux anses à feuillages et roseaux. Époque Louis XVI.

82 — Deux réchauds sur plateaux ronds en argent découpé
à jour et pieds ornés de têtes de béliers. Époque
Louis XVI.

83 — Corbeille ovale en argent gravé et découpé à jour.
Travail anglais.

84 — Boîte à thé de forme carrée à contours en argent
gravé à ornements.

85 — Deux flambeaux Louis XV en argent repoussé.

86 — Deux autres flambeaux de même époque en argent,
ornés de coquilles et reposant sur quatre petits pieds
bas.

87 — Deux corbeilles ovales en filigrane d'argent et bandes
d'entre-deux unies.

88 — Panier à pain en filigrane d'argent.

89 — Trois pièces de surtout en forme de corbeille à quatre
anses en argent découpé et enrichies de bustes ciselés
en bas-relief et de festons de lauriers gravés.

90 — Petit vase à une anse en argent repoussé et ciselé à
figures, fleurs et ornements. Travail anglais du temps
de Louis XV.

91 — Tasse à vin à deux anses en argent repoussé et doré
en partie, décorée de groupes de fruits. Travail allemand du temps de Louis XV.

92 — Saucière avec plateau de style Louis XVI en argent
ciselé à tores de lauriers et ornements.

93 — Quatre petites cuillers à sucre en argent. Travail
allemand.

94 — Cafetière de style oriental en argent repoussé à fleurs
et ornements.

95 — Sucrier en forme de boîte ovale en argent repoussé
à fleurs. Travail allemand du temps de Louis XV.

96 — Flacon à parfums en argent repoussé et ciselé, modèle à losanges. Travail oriental.

97 — Sucrier forme vase en argent ciselé à rosaces et
rang de perles, surmonté de feuilles formant couronne.

BRONZES D'AMEUBLEMENT

98 — Deux belles girandoles du temps de Louis XIV, en bronze ciselé et doré, à six lumières, enrichies de mascarons. Modèle de Boule. Rare.

99 — Milieu de table de même style et de même travail, modèle à consoles et à quatre branches porte-lumières. Il est surmonté d'un vase brûle-parfums. Pièce rare.

100 — Deux chenets du temps de Louis XIV en bronze, sur socles carrés à mascarons, surmontés de trophées d'armes et enrichis chacun d'un groupe de deux enfants.

101 — Deux bras-appliques du temps de Louis XIV, en bronze, ornés chacun d'une figurine d'Amour, tenant de chaque main une branche porte-lumières. L'applique, découpée à jour, est ornée de trophées d'armes.

102 — Deux appliques de même époque à une lumière, modèle à consoles et fleurs.

103 — Petit chenet Louis XIV, en bronze, orné d'une figure de sphinx sur socle carré, orné d'un mascaron.

104 — Écritoire Louis XIII en cuivre jaune repoussé à rinceaux et enrichie de trois figurines allégoriques en plomb peint.

105 — Belle pendule du temps de Louis **XV**, en bronze et
bronze doré : l'enlèvement d'Europe, composition de
trois figures sur socle rocaille. Ciselure très-soignée.
Mouvement de BOUCHER, A L'OBSERVATOIRE, A PARIS.

PORCELAINES & FAIENCES

106 — Deux cache-pots en ancienne porcelaine de Chine, décorés de fleurs et de chimères en émaux de la famille
verte. Monture Louis **XIV** en bronze, à anses ornées
de muffles de lion et de fleurs de lis.

107 — Deux cache-pots de forme surbaissée en porcelaine de
Chine à décor en camaïeu bleu, monture Louis **XIV**,
en ronze, à anses ornées de mascarons.

108 — Deux sucriers à couvercle en ancienne porcelaine de
Chine, décorés de fleurs et d'ornements émaillés en
couleurs. Ils sont montés sur des pieds à consoles du
temps de Louis **XIV**, en bronze doré, ornés de mascarons.

109-114. — Environ cent vingt assiettes en ancienne porcelaine de Chine et du Japon. Elles seront vendues par
lots.

115 — Cabaret en ancienne porcelaine de l'Inde, à décor
de fleurs, ornements, et portant un écusson armorié.

116 — Deux tasses avec soucoupes en ancienne porcelaine
de Chantilly, décor de style chinois à fleurs.

117 — Trois plats en ancienne faïence de Rouen, décor po-
lychrome à la Corne.

118 — Deux soupières rondes de même faïence, décor po-
lychrome.